별을 헤이다
너를 보았어

별을 헤이다 너를 보았어

초판인쇄	2022년 08월 05일
초판발행	2022년 08월 10일
지은이	장근엽
발행인	조현수
펴낸곳	도서출판 프로방스
마케팅	최관호 최문섭
IT 마케팅	조용재
디자인 디렉터	오종국 Design CREO
ADD	경기도 고양시 일산동구 백석2동 1301-2
	넥스빌오피스텔 704호
전화	031-925-5366~7
팩스	031-925-5368
이메일	provence70@naver.com
등록번호	제2016-000126호
등록	2016년 06월 23일
ISBN	979-11-6480-226-5 03810

정가 15,800원

별을 헤이다
너를 보았어

장근엽 지음

 프로방스

수많은 별 중에
너를 만난 나의 행복
지지 않는 사랑으로
남겨지길

"세상의 별을 모아 너에게 주고
싶었던 아름다운 이야기"

사랑의 비로 꽃을 피우고
앞마당 높이 자란
가지를 정리하는 소박한
하루를 살고 싶었다

보살핌의 손길로 자라는
가녀린 풀잎 같았던 나는
어느덧 나이테가 쌓여진
한 그루의 나무

두텁게 자란 나무는

누구의 편한 의자가 되고

아픈 이의 목발이 되어

지금 내가 있어야 할 정원을

지키고 있다

------ 나이테

세상의 별을 모아 너에게 주고 싶었던

소년의 아름다운 이야기를

쓰려한다

2022년 7월 _ 장근엽

C o n t e n t s
차 례

02

03

겨울로 가는 열차

04 Chapter_04

바람이 부는 이유

05
세월은 바다가 되어

나 진정 하나뿐인

너를 위해

이 생명 다하여 빛나는

날까지 일생을

함께하리라

CHAPTER _ 01

제1장

별을 헤이다
너를 보았어

별을 헤이다 너를 보았어

하나뿐인 너의 별을

그리는 미소가

아름답다

세상 그 무엇이 탓을 한다 해도

조건 없는 이 사랑을

받아준다면

나 진정 하나뿐인

너를 위해

이 생명 다하여 빛나는

날까지 일생을

함께하리라

수많은 별 중에

너를 만난 나의 행복

지지 않는 사랑으로

남겨지길

초록빛 가득한 하늘

너를 그리며

별을 헤인다

가장 행복한 이유

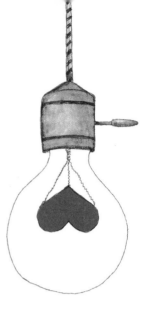

지난날
가장 큰 행운은
너를 만났다는 것

오늘도
가장 큰 행복은
너와 함께 있다는 것

먼 훗날
가장 큰 사랑은
내 안에 네가 살고 있다는 것

너란 꽃

보기만 해도 좋다

안 보이면 보고 싶다

예뻐서 안고 싶다

향기에 푹 빠졌다

너란 사람 내겐 꽃이다

대지

하염없이 떠돌던
방랑은 끝이 나고
영혼의 문을 나와
어머니의 땅 속에 뿌리를
내렸다

세상에서 가장 고귀한 생명
어머니의 숨을 들이마시고
생의 사계절이 흐른다

커다랗게 자란 몸뚱이는
눈을 뜨려 발버둥치고
별똥별 떨어지는 신비로운
하늘 아래 생명은 태어났다

먼지는 흙이 되고
흙은 생명의 땅이 되어
내 어머니의 어머니를
품었다

흙 속에 태어나
흙에서 자라고
땅으로 돌아가는 생명

흙은 나의 삶이고
삶은 나의 땅이니
내가 딛고 있는 어머니의 품은
끝없이 넓다

책 속에 그려진 호수

생명의 물이 숨쉬는
투명한 쟁반 위에
고목들의 물그림자가
드리워지고

산들바람 맴도는
조용한 호숫가

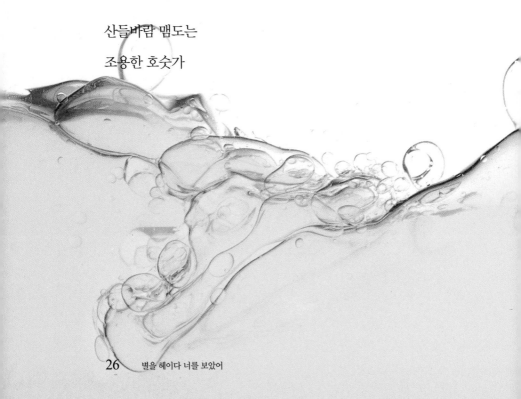

사사삭 부벼대는

풀잎의 몸짓이

어쩐지 추워 보인다

호수 위에 그려진

한 폭의 수묵화는

붉게 타는 노을빛에

아름다운 물감으로
채색되고 있다

하늘을 날던 새는
날개를 접고
밤을 기댄 채 사르르
눈감아 잠이 들고

어둠이 깔린 호수엔
나와 함께 길 떠나려
작은 나룻배 한 척이
기다리고 있어

새벽이 오는 소리에

누군가 깰까 봐 조용히

책장을 덮고 노를

저어 떠나간다

웃음

유쾌함에 까르르르
배가 아프도록
웃는다면 그건 박터진
희열

입 벌린 큰 웃음은
주체할 수 없는
기쁨의 눈물을
쏟아내고

내 표정의 장르 중에
제일 자랑하고 싶은
여유로운 만족이야

웃으면 복이 오고
한 번 더 웃을 때마다
더 해맑은
해바라기

밝은 미소와 통쾌한
함박웃음으로
늘 행복은 나와
함께 산다

웃으며 살아요
까르르 까르르

연탄

어둡지만 자세히 봐
너를 향한 붉은 사랑
새까만데 탄 게 아냐
뭘 발라도 변함없어

탄 감자가 돼 봐야지
내 마음을 알 수 있어
생선구이 목살구이
내 향기에 미치겠지

석쇠 친구 잘나가도
나 없으면 인기 없어
키 큰 친구 연탄집게
착하지만 몸이 약해

막힌 굴뚝 조심해라

내 방귀는 술보다 세

몸무게도 우량아지

나 같은 애 둘도 들어

나의 사랑 알고 있니

너에게만 전해 줄게

까만 몸매 탈색돼도

알아줘라 나의 마음

성형 미인(Ⅱ)

내 친구는 가슴에
미사일 달고 다니는
마징가제트 여친
아프로다이스 로봇

어찌나 강력한지
목욕탕 할매들 우상이죠
샘도 나고 부러워서
레이저 맞고 뱃살 빼고
로봇 친구 찾아갔어요

족제비눈이었던
로봇 친구는 껌벅껌벅
눈이 큰 부엉이

앞도 트고 뒤도 트고
애교 살은 쁘띠쁘띠

문을 열고 들어오는
작은 부엉이가 인사를 하네요
누구였나 환자인가

코까지 부은 어린 부엉이가
복면 쓰고 물어보네요

언니는 어디 했어?

사랑

사랑했기에 내가 있고
사랑받기에 살아가며
사랑을 위해 존재한다

사랑이란 말보다
세상에서 더 아름다운 말이
어디에 있겠어

내게 주어진 모든 것들을
사랑할 때 나의 사랑은
끝나지 않는다

사랑이란 말보다

세상에서 더 아름다운 말이

어디에 있겠어

드라마

준비도 없이 맞닥뜨린
매 순간을 살기 위해

때론 웃고 울고 복받치는
설움을 참아내야 했던
엑스트라 인생

한순간이라도
방심할 수 없어 밤잠을
설쳐야 했다

비록 작은 결실이지만
나는 쓰러지지 않고
일어서야 했다

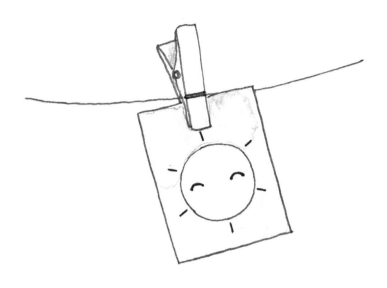

그려보면 아름다운

물감이 되었던 여러 갈래의

인생 컬러

많은 실수를 되풀이한

아마추어지만 울컥하는

감동을 주었던 나는

주인공이었다

농부의 하루

턱없이 부족한 하루를
채우기 위해
낫을 갈아 풀을 베고
호미 들어 감자 심는
정성으로 가꾸는
생명의 들녘

꽃은 피고 져도
아름답기 그지없고
설령 불어난 양식으로
배가 불러도 채워지기
힘든 나의 뜰

문턱을 넘어 슬쩍

별을 헤이다 너를 보았어

마당에 버렸던 지나간

씨앗이 싹을 텄을 때

나는 후회와 또 다른

기쁨의 맛을 보았다

황토빛 기름진 옥토에

수많은 곡식이 쌓여가도

덧없는 세월에 목마른

외로운 농부

무심코 버렸던 소중한

사랑을 주워 담아

내 작은 화분에 곱게곱게

키우는 삶의 터를 일구련다

골프 세상

시계추처럼
이 자리에서
똑딱이만 몇 개월째야

이제 멀리 가나 싶더니
뒷땅 치고 공머리 때려
몸은 안 아픈 데가 없네

푸른 물 시원한 들판
두 눈에 가득 차고

앞으로 시집보낸 공
어디로 숨어버렸나
보이기만 해주렴

진짜 잘해 볼께

어쩌다 잘 맞은 어잘공
오늘 처음 잘 나간 오잘공

마음까지 비워야 알게 되는
신비한 공의 세계

언제나 깨우치려나
백팔번뇌 해탈 경지
가도 가도 끝이 없네

가나다라마바사

가슴이
답답하고 잠이 오지 않아요
갱년기인가 봐요

나이
들어서 그런지
불면증도 생겼어요

다이어트한다고
굶어서 신경도
예민하고요

라디오를 켜고
음악도 들어보고 라벤더 향초에

긴장도 풀어 봤어요

마음이
한결 편안해지기는 했지만
아직도 화끈거립니다.

바로
나을 수 있는 특효약이
따로 있나 찾고 있어요

사고 쳤습니다!!!
쇼핑 좀 했더니 카드
한도 초과됐어요
어떡하죠?

항아리

너그러이 살고자
담고 비우고 그리고
간직했다

긴긴 세월이 흘러도
깊은 땅 속에 묻혀도
그대로인 붉은 황토

굳게 다져진 단단함에
오래돼도 변하지 않는
사랑의 힘을 품었다

침묵이 녹아 있는 속 안엔
시고 달고 맵고 짜고 쓴

인생의 맛들이

살아 숨 쉰다

넓은 하늘과 달빛도

찾아드는 속 깊은

안식처

아가

세상에서 제일 예쁜

아름답고 소중한

아가야

모든 걸 주어도

끝이 없는

사랑

아가야! 아가야!

행복의 꽃으로 무럭무럭

자라나렴

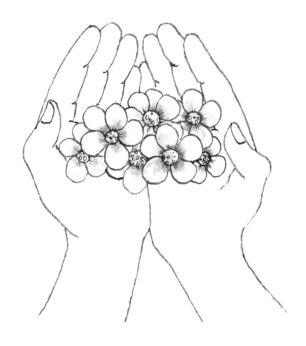

아가야! 아가야!

행복의 꽃으로 무럭무럭

자라나렴

자연 비빔밥

맑은 공기 가득 담은
넓은 대접에
따뜻한 햇살 안고 자란
비타민 쌀밥

숫처녀가 설렌 산들바람
손잡고 춤추던
상추잎이 곱게 자리 앉고

발그스레 달게 익은
고추는 사랑의 빛깔로
녹아 내렸다

솔솔 뿌려진 참기름은

입맛 찾은 인상 깊은

유혹

포동포동 살이 찌는

배 위로 살며시 노랑나비

날아왔나

깜박깜박 맛있게

졸고 있는 내 모습은

귀여운 아기돼지

사랑이 라면

사랑이 라면
기다리지 않을래요

매운맛 순한맛
사랑이 라면
모두다 좋은걸요

신나면 보글 보글
화나면 부글 부글

당신이 라면
뭐든지 좋아할께요

그대를 보면 탱글 탱글

헤어지면 쭈글 쭈글

신세대 라면
먼저 골라 주세요

동그랗던 네모낳던
정들면 그만인거죠

당신이 라면
언제나 사랑할께요

나이테

때묻은 옷깃엔
감당하기 힘든 고단한
삶이 묻어 있다

아름답게 피어 날
수많은 꽃으로 그렸던
인생 그림

사랑의 비로 꽃을 피우고
앞마당 높이 자란
가지를 정리하는 소박한
하루를 살고 싶었다

보살핌의 손길로 자라는

가녀린 풀잎 같았던 나는
어느덧 나이테가 쌓여진
한 그루의 나무

두텁게 자란 나무는
누구의 편한 의자가 되고
아픈 이의 목발이 되어
지금 내가 있어야 할
정원을 지키고 있다

길

누구나 한번쯤은
되돌아 온 길을
바라보곤 해

나조차 몰랐었던
무뎌진 상처가
이제껏 내가 아닌
나로 살게 했어

무심코 지나쳐 버린
지난날을 회상하며
하염없이 바라만 보는
길

내 곁에 머물며

한순간도 떠나지 않았던

너의 관심이

나를 다시 세상에

눈을 뜨게 했어

우리 앞에 놓여진

머나먼 이 길을 너와 함께

갈 수 있게

내 손을 잡아줘

너를 향한 끝없는 이 길을

안개꽃

고여 있는 눈물이 머리까지 차올라
숙여진 얼굴은 눈물비를 내리고
있어요

오늘이 아니면 말하지
못할 것 같아서
입술을 깨물고 말하겠어요

나의 피로 당신의 생을
이어갈 수 없다는 게 너무나
원망스럽습니다
받아주지 못하는 이 현실이
우리를 갈라놓으려 합니다

이곳이 아니더라도

당신이 머무는 곳에

영원히 함께하겠어요

하늘에서 다시 만나자고 약속한 당신
당신이 나를 잊고 알아보지 못할까 봐
행여 당신이 어디에 있는지
찾지 못할까 두려워 보낼 수가 없어요

태어나 당신을 만난 건
제일 큰 행복이었습니다
자상했던 미소는 나를
살게 한 사랑이었죠

이런 운명 따윈 필요치 않았는데
어떡해야 이 순간을 비켜갈 수
있을까요

안개꽃 피는 하얀 아침을

함께 볼 수 없음에 안타까워요

이곳이 아니더라도 당신이 머무는 곳에

영원히 함께하겠어요

오직 당신만을 사랑합니다

장농 속에 숨겨둔 금덩어리

이제 그만 무거워 놓고 가련다

눈처럼 내리는 꽃잎이 아름다워

발걸음이 하늘을 날 것 같다

CHAPTER _ 02

제2장

가벼운 행복

잎새

봄비를 머금고
싹이 돋았다

여름을 수놓아
꿈이 자란다

가을이 물들어
붉게 태웠다

한겨울 깊은 밤
흙에 잠든다

이별 기차

어제처럼 비가 내리면
오늘 밤 기적소리와 함께
떠나갈 거예요

작은 캐리어에 코트를
걸치고 일기장 안에
당신의 사진도 넣었어요

창밖에 안개 낀 아침을
만나면 그곳에 내려
당신의 기억을
두고 올 겁니다

어차피 혼자였는데

당신을 잊고

처음으로 돌아가면

되니까요

그래도 사랑이라 믿었던

마음을 간직하려

마지막 기차에 올랐습니다

언제 돌아올지 모르겠지만

당신의 어깨가 되어 주는

이 자리가 포근하게

느껴집니다

어제처럼 비가 내리면

오늘 밤 기적소리와 함께

나는 떠나갈 거예요

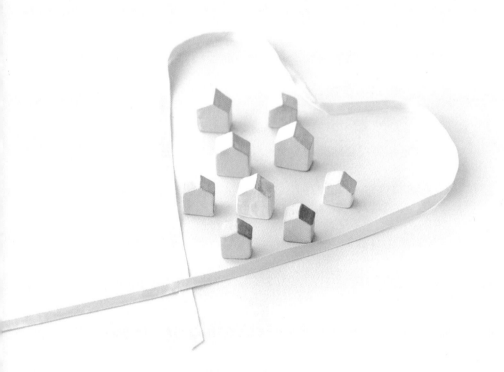

월화수목금토일

월요일만 되면 무거워요
새로 시작하는 긴장 속의
하루

화기애애한 술자리는
언제나 있으면 좋으련만

수시로 불러대는 부장님의
호출은 식욕부진 다이어트
비법

목돈 모아 결혼하겠다고
불타는 애사심은
잠도 없고

금요일은 불금인데

스트레스 기지국을 폭탄술로

날려야죠

토하도록 실컷 마신

즐거움의 떡 실신은

모범적인 자화상

일어나라, 빨리 가라

잔소리 듣는 모범생의

월요일은 참 빨리도

찾아와요

인생 분식

보슬비 내리는 날이면
가슴속 들려오는
흘러간 옛노래

빙글빙글 돌아가는
까아만 레코드판을
바라보며 지난 추억
속으로 돌아간다

떡볶이 양념에 찍어 먹던
바삭한 튀김
라면 먹다 생각나는
김밥 한 줄에 푸짐한
한 끼의 행복을 맛본다

모락모락 뜨거운

국수 한 그릇은 따뜻한

엄마의 마음

가까이 있어도 그립고

왠지 마음까지 찡한

잊지 못할 추억의 맛

전원일기

논두렁가 들려오는
황소 울음소리
막걸리 한 사발 따르는
소리가 흥겹다

깊어가는 황금 들녘
새를 쫓는
씩씩한 농부의
외치는 소리

옆집 서울손님 온다고
할머니의 가마솥엔
불꽃이 빨갛다

지나가던 고물 장수

오늘은 수지맞았나

따뜻한 하얀 두부 손에 들고

웃음꽃이 가득하다

혼자 있어도 함께 밥 먹을

이웃사촌 때문에 우리집

문지방이 닳았다

아직도 눈에 선한

정겨운 시골 마을

소리 없이 멀어져 간

향수를 불러 본다

화투의 꽃사랑

소식을 전하러 왔을까
푸른 소나무 사이로
흰두루미 한 마리가
서성거린다

꾀꼬리처럼 재잘대던
그녀가 떠난 지 몇 해가
지났는지

푸른 창포가 울창한 연못
향기 없는 모란꽃 한 송이는
떠나간 그녀일지 몰라

마른 나뭇가지 사이로

걸터앉은 둥근달은

밤벌레의 울음을

달래고

창문 밖 노란 국화는

가슴을 태워 창백한데

빛바랜 사랑은 낙엽처럼

허전하다

가랑비 오려는지

그녀가 올까 우산을 쓰고

마중을 나간다

어디쯤 오고 있을까

가벼운 행복

그 많은 짐 내리기도 힘들텐데
어찌 지고 간다는 말입니까

어둠 속 달빛이 저렇게 밝은데
그대의 님은 뉘시길래
나를 등지고 바쁜 걸음 앞세워
강을 건너려 하십니까

모진 세상 한번 잘 살았다고
환하게 웃는 모습 보이며
길을 떠나는 나그네여

갓난 아이 울음 소리에
온동네가 떠들썩 했는데

이방인으로 머문 세상 홀로가니
평안하기 그지없다

장롱 속에 숨겨둔 금덩어리
이제 그만 무거워 놓고 가련다
눈처럼 내리는 꽃잎이 아름다워
발걸음이 하늘을 날 것 같다

다시 또 이 곳을 찾는다 하여도
아쉬움이 남겠지만은

인연으로 맺은 사랑
인연으로 맺은 아픔 또한
있었기에 나는 정말 행복했었다

소나무

푸르름은 무쇠를 녹이고
철갑으로 몸을 두르니
기백은 땅에 솟았다

사시사철 늙지 않는
태산처럼 굳건한
의지여

백발이 되었어도
수백 년 살고 지는
청춘인 것을

하늘 향해 우뚝 솟은
젊음으로 당당한

한줄기의 희망

높은 산 호령 앞에

천하는 귀 기울이고

기세는 나와 함께 가려

손을 뻗는다

코스모스

바람이 부는 날엔
울기도 했었다

바닥에 쓰러져도
메마른 벌판 위에 피운
인내의 꽃

가녀린 모습 때문일까
보기조차 안타까워
안아 주고 싶었다

실오라기 하나 없이
새벽이슬 맞으며
쓸쓸했던 시간을

꽃잎으로 수놓은 사랑

가을은 너로 인해

아름다운 수채화가 되고

함께 머물던 계절이

그리움으로 남아 다시 또

네가 보고파진다

작은 사랑

작아서
가득 담을 수 있기에
소중하고
눈에 들어와
아름답다

성냥개비 작은 불씨는
희망을 노래하는
사랑의 지휘자

소꿉놀이 공깃돌은
친구들과 나누었던
단단한 우정

옹알이하는 아기 소리는

엄마를 기쁘게 한

모든 사랑

작아서 작아서 품 안에 있는

크나큰 참사랑

의사가 되고픈 이유

우주를 여행하며 신비한
별나라를 찾아갔던 어릴 적 꿈

생각만 해도 가슴 뛰는 아름다운
상상 속의 여행이었지

비행기를 타고 단숨에 지구
반대편을 오가는 현실은 이제
마음 놓고 가기조차 두렵다

불타는 정글의 하늘 아래
갈길 찾는 자연 속의 착한 생명들

하얀 빙산이 녹아 도시의

한복판에 생긴 거대한 물줄기

물 위를 헤엄쳐 가는 사람들의
숨찬 몸짓이 아슬아슬하다

잿빛 구름 떠다니고 붉은 산은
열기를 내뿜으며 파란 지구가
군밤처럼 익어 간다

인과응보(因果應報)라 했던가
이제 내 꿈은 병들은 세상을
치료하는 의사가 되고 싶다.

삶

저녁노을 물들어 잠이 들면

여전히 밤하늘의 별은

빛을 뿌리고

이토록 아름다운 세상에

찾아온 심장 소리가

까아만 새벽을 깨운다

삼라만상 신비롭기

그지없다 하여도

이곳에 자라난 축복의

생명은 어찌 그리

아름다운지

사람으로 태어나

말하고 시를 적었다

받았기에 주었고

떠났기에 소중했다

무엇이 먼저인지

알 수 없는 삶 속에서

나는 배운다

사람과 사랑 그것은

하나의 삶이라고

시골의 향기

산새 지저귀는 아침이 오면
시골집 툇마루에
눈을 뜨는 햇살

장독대 돌 틈 사이 하늘하늘 피어난
야생화는 샛별처럼 빛난다

댕기 머리 늘어뜨린 아카시아
꽃향기가 싸리문 넘어
일렁이고

뒷마당 심어 놓은 알감자들이
토실토실 영글었다

찰랑찰랑 줄을 타고 춤추는

우물가 두레박

물 뜨러 온 동네 처녀들

수다에 접시가 들썩인다

저녁이면 밥 짓는 엄마 냄새

우리집 복실 강아지는

신이 나서 짖어대고

조용히 잠이 드는 수수베게

머리맡에 들려오는

풀벌레 소리

시골의 밤은 깊어져 간다

소주

색깔 없는 술 속에
수많은 이야기를 담아
인생의 맛을 즐긴다

씁쓸한 첫잔이
달달하게 느껴졌던
어제

눈살을 찌푸리게 한
오늘의 한잔 술에
마음까지 외롭다

보이지 않을 뿐
맛을 보면 느낄 수

있는 진실

소박한 한잔에 담은
소망과 기쁨 그리고
눈물

가슴속 깊이 심어주는
용기와 채찍
늘 변하지 않는
내 인생의 동반자

사랑할 때

너의 생각으로 마음속이
채워져 있을 때

아침에 일어나 제일 먼저
바라볼 때

잠시만 떨어져도 그리워서
보고플 때

나의 모든 것을 주어도
턱없이 부족할 때

다시 태어나도 너와 다시
살고 싶을 때

나의 모든 것을 주어도

턱없이 부족할 때

루비

타오르는 불꽃 앞에 사랑을
맹세했던 황제

너무나 아름다워 불안했던 건
처음이었다

밤이면 화려한 빛깔로
그 누가 유혹한다 해도
내게 빠져있는 그에겐
영혼 없는 유리조각일 뿐

눈을 멀게 한 매혹적인
입맞춤은 마지막 사랑을
맹세한 언약식

오직 나만을 원했던

깊은 사랑은 7월의 한여름 밤

붉게 타오른다

미나리

미련 없이 가버렸다고
그 누가 그랬었나

봄이면 찾는 향긋한
꽃이기를 이 순간까지
기다려 왔다

당신이 없을 때
나를 채운 것은 무성히 자란
그리움의 잡초

계절이 가고 기약 없는
우리의 만남은
한줄기의 뿌리로 남았다

이제와 나를 찾는다 하여도

그것은 내 생에 최고의

행복이 되리라

차가운 눈물 밭에 질기도록

버텨온 내 삶의 전부는

단 하나의 사랑이었다

다시 너를

사랑보다 어떤 말도
아름답진 않았었지

한 송이의 꽃으로 핀
잊지 못할 나의 사랑

말이 없어도 두 손으로 안아 주던
보라빛의 해 저문 날
너와 함께 있어 행복했다

아름답게 쏟아진 별
너의 두 눈 가득하고

오래도록 마음속에 간직했던

지난 시절

우리 둘은 사랑했지

다시 너를 볼 수 있을까

활짝 핀 꽃처럼 웃어주던 모습으로

처음 만난 그 사랑으로

내 인생은 하루하루 행복하다

80세 아가씨

새빨간 립스틱
라면땅 파마가
잘 어울리는 아가씨

뒷집에 몸빼바지
똑같은 쌍둥이랍니다
구멍난 스타킹엔
매니큐어 살짝 바르고

하나 둘 모이면
미인대회 따로 없지요

한쪽 눈섭 안 칠해도
아무 신경 안 쓰이는

당당한 미모

가슴에 나비 달고
걸음은 사뿐사뿐
총각들은 들썩들썩

알뜰한 아가씨의
딱 한 가지 걱정거리
애들아! 밥은 꼭 먹고
다녀라 ~ 잉

반지하

얼어붙은 유리창 밖으로

봄이 오려나봐요

문틈 사이 맺혀있는 물방울이

너무 예뻐 추운줄도 모릅니다

차가운 그대의 두손을

나의 온기로 품으며

먼훗날을 약속할께요

잘될꺼라며 믿어주는

한마디가 에너지가되어

지칠 수 없어요

비록 작고 그늘진
작은방이어도
잃지않는 그대의 미소로
세상의 두려움 조차
느낄 수 없게 합니다

눅눅하고 힘든 날들은
언젠가 말하는
우리의 기억속에 있겠죠

조금만 기다려줘요
다시 올 따뜻한 봄날을

밤하늘에 울려 퍼지는

기적소리

슬피 우는 이별 인사에

하얀 눈은 쌓여만 가고

제3장

겨울로 가는 열차

마리 앙투아네트

백합꽃 물결지고
무지개빛 아롱지는
아름다운 궁전의
정원

우아한 요정의
나비 같은 여인은
호수를 바라보며
향긋한 차 한 잔에
눈을 감아본다

오늘은 말을 타고
베르사유 숲속으로
사냥을 하러 갈 참이다

화려했던 지난날이

밤이면 빛나는

저 달 속으로

사라져 버렸다

거울의 방에서 한껏
예쁘게 화장을 하고
황금 액자 속 지어낸
도도한 표정

붉은 횃불의
파티에 넘쳐흐르는
파프클레망 와인은
그녀의 뜨거운
정열

에펠탑 높은 곳
화려했던 지난날이
밤이면 빛나는

저 하얀 달 속으로

사라져 버렸다

다시 또 피어나고픈

마리 앙투아네트

바다에 놓아준 이름

가슴에 새기었던
그 이름을 이제 그만
놓아줄게요

검게 물든 바다에
잊어야 할 지난날이
흘러갑니다

파도에 부딪치는 흐느낌이
너무 서러워 귀를 막아도
가지 않아요

어떻게 할 수 없는
이 사랑을 안아 주는

상심의 바다가 슬퍼요

두렵지만 지워야 하는
그대의 이름을 바다로
떠나보냅니다
잘 가요 안녕! 내 사랑

바이러스

집집마다 꼭꼭 잠긴
창은 열릴 줄 모르고

문밖에 숨어 있는
악마의 세균을 피해

앞길 살피는 분주한
걸음이 불안하다

산동네 그리워지는
차가운 도심 속

암흑 속 이글거리는
죽음의 불가사리

그 어디에도 오갈 곳 없는

갇혀 버린 세상

마주보는 시선마저

초점은 없고 앞다투어

입을 가린다

소리 없는 비명에

세상의 문은 닫혀 있다

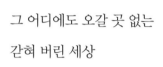

먹는 세상

푹신푹신 부푼 지방
풍선보다 쿠션 좋아
숨만 쉬어도 알통 생겨
운동기구 필요 없죠

쪄도 쪄도 말라보여
자도 자도 피곤해서
쉬었다가 먹는 센스
몸매 관리 맘에 들어

깨어나면 허전해서
주문전화 위로받고
선물처럼 내게 와 준
먹는 시간 행복해요

바깥세상 안 궁금해

맛은 이미 알고 있죠

서울, 지방 안 가리고

밤낮없이 배달와요

아름다운 요리 세상

서로 돕고 살아야죠

밤을 새고 만들어도

걱정마요 다 먹을게

파트라슈

느티나무 푸른 동산엔
숨바꼭질 해가는 줄
모르는 파트라슈와
친구들

착한 네로의 노트엔
빨간 볼이 귀여운
아로아의 웃는
얼굴

기러기 높이 날고
출렁이는 파도와
춤을 추는 항구의
아침

흰 우유 가득 실은

파트라슈 수레는

꼬리치며 폴짝폴짝

하얀 눈 내린 성탄절

아름다운 성당의 그림 속엔

파트라슈와

친구들이 즐겁게

노래를 한다

랄랄라 랄랄라

랄라라랄라 랄랄라

파트라슈

들

바람도 쉬이 스쳐가는
들판이었더라

나그네 하늘을 보며
누워 있던
풀밭이었더라

어디서 굴러 온 돌덩이들
쌓이고 쌓여 나더러
산이라 하니

사방이 아래이고
이곳이 옥좌가 아니면
무엇이겠는가

나그네 하늘을 보며

누워 있던

풀밭이었더라

내 산에 뿌리를 내리고
자라는 나무들이 높아
그늘에 피어나는 들꽃을
난 찾지 않았다

산새들 오지 않는 돌산
살찌운 수목들은
또 다른 생명수를 찾아
곁을 떠나고

벌거숭이 바위틈에
한들한들 피어 있는
이름 모를 꽃들과
파란 이끼

부는 바람마저 막고 선

돌덩이가 지난날의

내 욕심이었던 것을

어느 누구 찾아와도

뛰어놀다 간다 한들

넓은 자리 내어 주는

들판으로 나는 살고 싶소

노래

바람에 실려 보냈던
지난 꿈을 찾을 수 있었던 건
네가 있기 때문이었어

나는 울지 않을래
가슴 속에 사무친 그 말
너는 알고 있었지

어디서 왔는지 그건
궁금하지 않아
너와 있다는 것만으로
행복할 수 있으니까

너를 부를 때 알게 된

사랑

허전한 마음을

채워 주는 너의 목소리

나의 모든 사랑으로

너를 불러본다

Connection

태양은 빛을 발하며
그 빛은 땅의 기운과
통한다

하늘에서 내린 비는
산을 푸르게 하고
산이 품었던 강물은
바다로 흐른다

해와 달의 공존으로
양지와 음지가 조화를
이루고

이처럼 밝은 아침과

어두운 밤은 세상의
질서를 만들며 반복한다

우리가 맞잡은 손은
마음으로 이어져
화해와 사랑을
가져오기에

우리는 모두 하나로
연결되어 있다

Poker Face

최고가 되기 위한

Poker face

전쟁 같은 게임에서

필요한 건 무표정한

얼굴

왕이 되기 어렵다면

나만의 Pride ace를

가져야 한다

화려하게 장식한

diamond는 진실을

감추기 위한 속임수

숨막히는 마지막
한 장의 hidden card는
모든 걸 걸어야 하는 위기다

비웃지 말았어야 했다
Joker의 욕심 없는
허탈한 웃음을

우스꽝스러운 광대
Joker에게는 절망이란
존재하지 않는다

Snow Man

은하수처럼 빛나는 눈

잡으려 해도 날아가 버려요

눈꽃 내리는 이 밤

누군가 노크를 하고

하얀 손 내민 그대는

스노우 맨

사랑의 빛깔이 이렇게

빛날 줄이야

이런 그대의 모습에

그만 빠져버렸죠

에델바이스 꽃처럼

고귀한 사랑을 전해 준

나의 천사

하얗게 밤을 지새워도

오늘밤 내게 있어 줘요

이것이 꿈이라 해도

행복합니다

그대를 생각하는 이 밤

하얀 눈꽃이 되어

다시 올 것만 같은

나의 스노우 맨

골목애(愛) 포차

노란불빛 저녁이면 맛깔스럽게 요리한
안주들의 줄서기가 한참이다

동그란 테이블에 놓여진 반가운 술잔
한 잔은 인사, 두 잔은 일과를 마친
후련한 시작의 잔

못줘서 안달난 정 때문에 수없이
부딪치는 술잔은 아무리
바빠도 피곤한 줄 모른다

벽에 붙은 차림표엔 오늘 맛있게
껌처럼 씹어 보았던 이름 모를
안주도 추가되었다

웃다 울다 지쳐가는 서로의

어깨를 토닥이며 주고받았던

정겨운 소주 한 잔

시간은 자정으로 향하고

넘치는 술잔 속엔 따뜻한

사랑이 가득 찼다

겨울로 가는 열차

봄으로 향하는 한 장의 티켓
서성거리던 플랫폼을 지나
열차에 몸을 실었다

창밖에 우두커니 서 있는
겨울과 작별을 하고
말없이 간다

남겨진 말들은
고스란히 철길 위에
버려두고서

차갑게 돌아서는 눈매엔
아쉬운 정도 하나

없나 보다

밤하늘에 울려 퍼지는

기적소리

슬피 우는 이별 인사에

하얀 눈은 쌓여만 가고

봄의 종착역에

다다를 쯤 내게 눈물 짓던

하얀 겨울 생각에

나는 다시 열차에

올랐다

나폴레옹

창공을 가르며 힘차게
날으는 독수리
황제 앞에 모두들
몸을 조아린다

알프스 산맥을 넘어
세상을 정복하는
용감한 날갯짓

백전백승의 광장엔
폭풍 같은 환영이
물결치고

하늘을 향한 호령은

발밑의 땅도 꺼져

백마는 힘차게

뛰어오른다

붉은 바람의 망토는

높은 곳을 향하여

용솟음치고

영원한 영웅

나폴레옹은 외친다

내 사전에 불가능이란

없다

고단한 날개

그대가 살았던
일 년 삼백 육십오일
살다가 살다가
또 해가 저물어 가네요

아무 일 없던 것처럼
애써 밝아 보이는 모습
남아 있는 눈물 자국이
아직도 뜨겁습니다

의지할 곳 없는
연약한 사람인데
줄 것 없는 내 앞에서
깊어져 가는 당신의 주름

편히 쉴 수 없는
날개를 내가 어떻게
어루만질까요

고작 내가 주었던 건
고단함과 싸늘한 이부자리
평생 덜어주지 못하는
무게 때문에 눈물이
납니다

이직도 갚지 못한
당신의 사랑
미안해요 고마워요

두고 가소

그냥 두고 가라하네
가시는 님 정이나마

매정하게 간다 해도
지내온 정 두고 가소

그냥 두고 가라하네
세월 속에 울었었던

눈물일랑 나를 주고
남은 슬픔 내 것이오

그냥 두고 가라하네
한이 되어 굳은 가슴

언제 녹아 볕이 들까

돌아본들 뭐 하겠소

미움만은 두고 가소

곱게 갈아 날리우게

쌓다 못한 아쉬운 정

마음만은 가져가소

그냥 두고 가라하네

두고두고 기억하게

대추

가을이 오기를 기다리고
기다렸다

풍요의 열매는 따가운
햇살의 옷을 입어

단내 나도록 빨갛게
물들어 가고

밤이면 밀려오는 적적함은
덩그러니 가지에 매달려
깊고 깊어진다

싸늘한 외로움을

곱씹어 본들 찾는 이
하나 없고

밤새 품었던 이야기는
익고 또 익어서

10월의 어느 날
붉은 흔적을 남기고
떠났다

내 마음에 머무는 가을

세상 모든 게 변하지 않고
오래도록 행복할 수 있다면
얼마나 좋을까

가슴이 무거워
눈물이 흐를 때
여기가 가을이란 걸
이제야 알았다

가는 걸 보고도
어쩔 수 없이
보내야 했던 아픈
가을 사랑

가을이 내게

남겨 준 사랑이

이런 사랑이라면

그냥 오지 말 걸 그랬어

밤이 깊어가도

내 마음은 가을을

떠날 줄 모른다

나무

산에 오르는 당신의

숨결이 느껴질 때

난 눈을 뜹니다.

한 계단 두 계단

쉬어가도 좋은데

거친 숨 내쉬며

여기까지 온 그대

땀방울 닦아주며

내가 해줄 수 있는

작은 한마디

내게 기대어 편히 쉬어요

살다가 지치고 힘들 때

언제라도 내게로 와요

뜨겁진 않아도 포근히

안아 줄게요

그늘 아래 쉬고 있는

당신을 만날 때면

그대만큼 나도

행복합니다

나는 언제나 그대와

함께 있으니까요

금자의 어린 시절

뉘엿뉘엿 해가 지고
뱃고동 울어대는
섬마을 선착장

통통배 돌섬을 돌아
안 보일 때쯤이면
뒤엉킨 어망을 메고
처벅처벅 집으로
돌아오는 발걸음

내일은 비 소식 없는지
밥수저 놓고 일 나갈
채비를 하는 금자네 아버지

새벽달도 지지 않았는데

젖은 몸으로 배를 타는

부지런한 하루

그 모습 지쳐 보여

엄마가 차린 아침상은

아궁이에 불땐 솥밥과

아버지가 좋아하는 자반고등어

커가는 금자 생각해서

엄마는 돌미역을 따고

톳나물 자루에 담아

뭍으로 뭍으로

시집을 보냈다

1987년 우산 속 첫사랑

약속도 안 했는 걸
하지만 그녀의 길목엔
애타는 마음

초라할 것 같아서
예쁜 화분 손에 들고
떨리는 어색한 미소

내 마음 알아버린
귀여운 콧소리로 그녀가
반겨 주네요

그녀 뒤에 찰싹 붙어
밟아보는 그림자

어디쯤이었을까

쪽지에 적어준

그녀의 삐삐번호

비가 내리는 오늘밤

우산 속 그녀와 난

웃으며 걷고 있어요

그녀가 내겐

첫사랑입니다

바람이 부는

이유가 있겠지만

내가 사는 이유는

사랑이 있기 때문이다

CHAPTER _ 04

제4장

바람이 부는 이유

당신의 사랑

찬바람 탓을 했지 얼굴에 피던
딱딱한 버짐꽃이 너무 싫었어
구수한 칼국수도 지겹던 시절
수수깡 달콤했던 지나간 추억

손꼽아 기다리는 말일 날 저녁
아버지 월급봉투 남은 건 잔돈
외상값 주고 나면 한숨만 남아
어머니 일을 찾아 나가셨어요

열심히 공부해라 귀를 막았죠
언제나 어른이 돼 잘 살아 볼까
미웠던 내 아버지 원망도 했죠
이제야 알았어요 그때 그 마음

술취해 비틀거린 고달픈 인생

후회는 필요 없어 다짐을 했죠

쓴 약이 좋다네요 실패했어도

지금껏 걸어왔던 흘러간 시간

꼭 한 번 약속해요 내 가슴속에

한 번 더 용기 내어 살아갈래요.

마음속 깊은 사랑 알아요 이제

당신의 사랑으로 살아왔던 걸

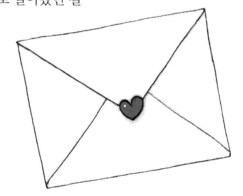

바람의 언덕

살면서 잊고 살아온 마음속 깊이
묻어둔 사랑의 씨앗

검은 머리 하얗게 날리우고
가물거리는 옛 생각에 젖어
지난날을 그리워한다

바람에 흔들리는 이름 모를 꽃들과
어미 찾아 울어대는 아기 새 한 마리
이곳을 지키고 있는 바윗돌
그 무엇 하나 변한 게 없누나

언제나 같은 저 푸른 하늘은
모든 걸 받아주는 닮고 싶은

단 하나의 모습이어라

그래도 이 삶에 머물게 한

행복이 있었기에

때론 투정을 부리기도 했었다

바람이 부는 언덕에 올라

보고픈 그대를 그리며 말하고 싶다

영원한 사랑은 늘 기억하는 거라고

반가운 밀회

오늘은 학창시절 친구들과
함께하는 면들의 모임

뚱뚱한 칼국수 선배
깐깐한 수타면
어렵게 쥐어짜서
겨우 졸업한 메밀면은
벌써 왔어요

이태리 유학 중에 만난
반가운 파스타도
온다고 하네요

중국에서 유학 온

인정 많은 당면과

요즘 모델로 인기 많은 소면은

아직 오지 않은

일본 친구 우동을

기다리고 있어요

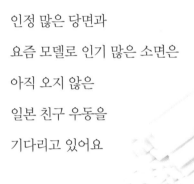

한때는 친구들과

나누었던 새콤달콤한

푸짐한 한 그릇

모이면 지지고 볶고

비벼대는 오늘은 즐거운

면들의 잔칫날

번데기

내 앞에서 웬만하면
잘난 척한다는 건
그리 쉬운 일은 아니지

한 시대를 주름 잡았던
나를 모른다면 아마도
당신은 외국인

날기 위해 태어났지만
이 한 몸 바쳐 누군가
튼튼해진다면 나만의
자랑거리

인상이 강하다고

피하지 말고 언제

나와 함께 술 한잔 하자

좀 뻔뻔하긴 하지만

뜨거워서 데일 정도로

정도 많단다

반갑다 친구야

사랑이 흐를 때

흘러내린 것은
빗물이 아니었다
뜨거운 눈물도 아니었지

흐르는 시간 속에서
이별하고 사랑도 했었다

두터워진 상처 따윈
내겐 아픔이 될 순
없었지

아직 잊지 못한
지난 사랑과 이별하기 위해
홀로 걸었던 밤길

많은 질문과 후회가

가르쳐 준 게 있다면

다시 사랑하라는 대답

첫사랑은 간직하는 사랑

잊어야 하는 사랑은

아픈 사랑

지금 내가 해야 할 사랑은

영원한 사랑이다

사랑은 다시 흐른다

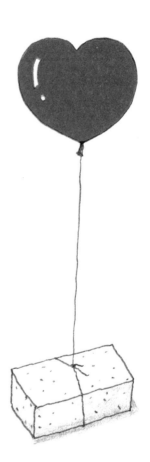

붕어빵

너의 사랑으로
꽉 찬 속이
알콩달콩해

마음이 같아서인지
모습까지 닮은
판박이

한때는 너무 커서
멋져 보인 공갈빵의
허풍 사랑보다

바람 빠지지 않는
순수한 사랑을

원했던 우리

애타게 기다린
만남 속에 있는 건
너를 위한 찐한
사랑뿐

정겨운 모습도 예뻐
꼭 찍어 너라고
말하고 싶은 귀여운
내 사랑

보물 상자

지금 바로 안 들어가면
후회할지 몰라요

매장 문 앞 Sold Out
팻말이 걸리기 전에

겨우 비집고 들어가
느끼는 이 짜릿함

충동적으로 다가온
특별한 맛은
잊을 수 없는 조미료인 걸

매일 배달되는

상자에서 쏟아지는

기쁨의 환호성

보물 상자가 쌓여가는

우리집은 보물섬이 되었죠

오늘도 시간 없다 서두르는

홈쇼핑 문 앞에서 차례를

기다리고 있어요

볶음밥

반질반질 윤기 나는
프라이팬 위에 모인
가족들

찰싹찰싹 달라붙은
백옥 같은 밥알은
톡톡 튀는 깨알 같은 웃음에
노랗게 질려 버렸다

연분홍 화장을 한
매혹적인 소시지

눈물 나도록 달달한 양파와
데코레이션의 홍일점 당근

은은한 향기의 대파와

모든 재료들의 영양 마사지

계란으로 예쁘게 포장한

밥의 꽃동산

소녀야

물안개꽃 두 손 모아
포근히 안고 있는
이슬처럼 맑은 소녀야

바람타고 저산 넘어
꽃향기에 나비 따라
날아가고

어젯밤엔 작은 별과
뛰어놀다 낙엽 위에
잠이 들었지

이슬비 내리는 날엔
개구리 줄을 지어

합창소리 신나고

아기 붕어 모이 찾아
꼬리치며 물방울은
깜박깜박

꿀벌 병정 인사하고
딱정벌레 북소리에
웃고 있는 들꽃처럼
어여쁜 소녀야

소녀야!
언제나 네가 보는 세상은
늘 아름답게 숨 쉬고 있단다

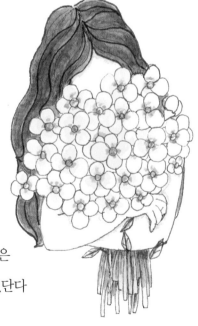

바람이 부는 이유

어디서 시작된 건지
오늘은 바람이 분다
어제는 어떤 날이었길래
바람이 한 점 없었다

시원한 바람이 불 때면
눈감아 미소를 짓고
찬바람 때문일까
마음도 시려오네

반복되는 나의 생활들이
세찬 바람에 넘어지려 해도
내 작은 몸으로 견디며 살아왔다

바람이 부는

이유가 있겠지만

내가 사는 이유는

사랑이 있기 때문이다

사랑을 품은 삶의 바람이

세상 어디에 불어온다면

나는 그 무엇도 바라지

않겠다

비상

체크무늬 트렌치 코트
멋을 내던 교정의 벤치

막힘없이 써 내려간
젊은 날의 다이어리가
놓여져 있다

이상을 꿈꾸고 고상한
칸초네에 도취되었던
피끓는 시절이

지금도 이어져
인생 2막의 스토리로
쓰여지고 있다

새로운 희망을 향하여

날고 있는 꿈의

아스트로여

전설의 날개를 달고

비상하는 내 삶의 노트는

다시 시작된다

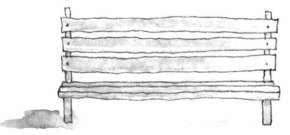

북녘 하늘

기적의 땅 한반도
푸른 녹음이 짙은
대지 위에 자유의 철새가
날고 있다

반만년 역사에 숨쉬는
겨레의 숭고한 정신이
살아있는 영토

뼈아픈 고통의 분단이
가져온 슬픈 생이별의
비극

역사가 낳은 이데올로기의

아픔으로 갈라진
철조망은 녹이 슬어도
버티고 있다

운명도 인연도
있다 하는데
만남의 절실함을
어찌 저리 외면하는지

흐르는 눈물은 바다가 되고
언제나 가 볼까나
북녘 하늘에

구둣방 아저씨

행인들이 오가는
분주한 사거리의
자그마한 구둣방

쓱쓱 싹싹 구두를 신는
손님의 입꼬리가
귀에 닿을 듯하다.

헤진 신발 꿰매는
정성어린 손길은
자식 키우신 부모님의
마음

하루하루 꼬박꼬박

모으셨던 적금 통장

꺼내어

금이야 옥이야 키웠던

외동딸 시집보내고

눈물을 삼키신 아버지

힘들게 달려왔던 시간

낡고 지친 신발은

사랑의 손길로 새롭게

태어난다

얼음꽃

한마디 말도 못했다
그렇게 가버릴 줄은

아쉬움에 널 붙잡지만
나의 뜨거움 때문에
녹아 버리고

왜 그렇게 차가웠는지
왜 그렇게 망설였는지
얼음꽃으로 피었던
너를 이젠 알 수 있어

계절은 가고 나는
여기에 남아

차가웠던 널 다시
맞이하려 해

세상에 때묻지 않은
투명한 유리꽃

지난날의 눈물도
내게 주려 했던 너의
사랑이었음을

한마디 말도 못했다
지금 내가 여기에 있다고

꽃집 아가씨

봄향기 눈을 감고서
사랑이 다가오네요

창문 밖 나비 한 마리
꽃을 찾아 날아갑니다

길 건너 꽃집 아가씨
꽃 보며 미소를 짓고

한 번도 말은 안 했어도
그 모습 떠오르네요

오늘은 꽃 사러 갈까
머플러 날리우면서

그녀만 바라보아요

그림 같은 사랑이
있는 이 자리

날 보는 그녀는 수줍은
프리지아 같아

이 꽃을 함께 가꾸며
난 그녈 사랑할래요

한 걸음 더

사방이 휑한 골목길

어둠으로 덥혀가는

힘없는 그림자

흐트러진 옷매무새가

가벼워 편할지도

모르겠다

바닥에 뒹구는 신문지처럼

갈 길을 잃은 청춘

어제보다 한 잔 더한

술이 있어 오늘은

외롭지 않았다

세상을 이겨내야 한다며

눈물을 삼키고 굳은

다짐을 한다

뒤돌아보면 젊은 날의

추억이 될 오늘을

놓치지 않고 살겠노라고

저기 반짝이는

불빛을 향해 한 걸음

한 걸음씩 걸어간다.

숯

다시 산다는 건
잃어버린 것도 있지만
또다시 겸허히
바라보게 된다는 것

세상의 숱한 거짓과
진실 속에 까맣게 탄
애끓는 인생사

여기까지 오기엔
나를 불살랐던
의지가 있었기에
이곳에 설 수 있었다

볼품도 없이 새까맣게

타버렸지만

태웠기 때문에 다시 태어났다

인생은

한줌의 재가 되기까지

태우고 또 태운다

캔디

다락방 창을 열고
밤하늘 별을 보며
두 손 모아 기도하는
천사

유리알 같은
눈망울로 꽃을 피운
들장미 소녀

동산에 올라 노래하고
귀여운 다람쥐와
뛰어노는 말괄량이 소녀

조각 같은 테리우스의

멋진 프로포즈는

첫사랑의 흰 장미

언제나 밝은 얼굴로

외로워도 슬퍼도

울지 않는 어여쁜

들장미 아가씨

내 이름은 캔디

쫄면

쫄면 어떡하니
어릴 적 차던 기저귀
고무줄처럼 끝까지 잡고
늘어져야지

쫄려도 한판
쫄아서 먹기 힘든
라면보다

국물도 없이 살아가는
너의 도전으로
이루어 봐

쫄면은 언제나

퉁퉁 붓도록 기다리지
않는다

한 방 멋지게 날려 봐
쫄면은 질기다

졸업 사진

예쁜 꽃다발 가슴에 안고
밝은 표정의 앳된 모습
교문 앞 영숙이와 나란히
손잡고 찍었던 사진 한 장

까만 교복엔 축하하는
하얀 밀가루 잔뜩 묻히고
이반 저반 뛰어다니며
숨이 찼던 웃음소리가
귓가에 들려온다

교정은 온통 꽃밭이 되고
찰칵찰칵 행복한 순간들이
남겨지고 있다

앵두처럼 깜찍했던 그 시절

몽당연필 깎아 쓰며

칭찬도 받고

우리 반 유리창을 안 보이도록

열심히 닦았던 즐거운 청소시간

낡긴 했어도 생생한 기억 속의

사진을 보는 입가엔

푸근한 미소가 맴돈다

대답 없는 너를 찾는

서글픔의 눈물은

바다가 되어

흘러 흘러만 간다

제5장

세월은 바다가 되어

지하철

깜깜한 땅 속을 달리는
줄줄이 소시지

아침저녁 터지도록
배가 부른 뚱뚱보

꾸벅꾸벅 졸고 있는
편안함에

두 바퀴를 돌아도
내릴 줄은 모르고

내려야 할 사당역이
서울역이라는 꿀잠

확 깨는 안내방송

할아버지 할머니의
이름표가 붙어 있는
푸근한 안방

언제라도 약속시간
잘 지키는 지하철은
성실한 영업사원

노을

산다는 것만큼 세상에서
제일 무거운 것이
어디에 있으랴

온몸으로 짐을 이고지고
일평생 넘고 넘어온
만수산천

등골은 휘어져 다섯 자 반
남짓의 다 자란 키는
옆으로 뻗은 한 그루의
나무가 되었다

육신은 만신창이가

되어가도 마음은

청춘인 것을

지팡이를 집고 걸어가도

가벼워 날을 듯하구나

숱하게 찾아들던 세찬

바람이 가니

소리 없이 저녁노을이

찾아온다

온몸을 불사르는 아름다운

절정을 위하여 황금빛 노을은

붉게 물들어 간다

잡초

어느 누가
잡초라고 했나요

꽃이 아니어서
나무가 아니어서
인가요

푸른 자연을 보고
아름답다고
미소 짓는 당신

내게 주어진 이름은
잡초입니다

등지고 어두운 세상

어디라도 가꾸기 위해

나는 살아갈 겁니다

어느 곳에서나

아침 이슬을 전하는

풀꽃으로 나를

기억해 주세요

쓰리 고

용기내고 가보자고
시작해야 날 수 있지

못났어도 죽지 않아
첫 숟갈에 배부르랴

가진 패는 안 좋지만
벌벌 떠는 폭탄 무기
나에게도 한 방 있어

한 번 가면 가는 거지
갈 때까지 가보자고

세 번 기회 있다잖아

한 번 고는 영원한 고

쓰리 고는 해봐야지
나는 나는 날 거니까

약국집 큰딸

국방색 야전 상의를 입고
어깨엔 통기타를 메고
다니는 아가씨

짧게 자른 머리카락
애교 넘친 목소리는
천상 요조숙녀예요

백옥처럼 하얀 얼굴
어머니가 약사여서
원래부터 건강한가

동네 어르신들
큰아들 잘생겼다

칭찬이 자자하고

동네 꼬마 아이들
노래하는 군인 아저씨
졸졸 따라다녀요

약사엄마는 머리끈을
동여매고
두통이야 치통이야
언제나 약이 넘쳐요

수박

초록 내음 짙은
무더운 여름날

밭고랑 사이사이로
통통 잘 익은
수박 한 덩이

쩌억 갈라지는
얼음 깨지는 소리에

빠알간 단물 폭포가
쏟아져 내린다

얼굴보다 더 큰

한입 깨물면

따가운 햇볕은 숨어버리고

서늘한 바람에

땀방울은 날아갔다

우리집 막내 순돌이

까만 씨앗 마당에

꼭꼭 심고 잠이 들면

모기장 속 한여름 밤

빠알간 수박이

달달하게 익어간다

후라이드 치킨

밤이 되면 뜨거워요
팔팔 끓어 바삭바삭

황금갑옷 걸쳐 입은
치킨장군 행차하죠

인기 많은 근육 몸매
허벅지는 역도선수

부드러운 뽀얀 가슴
푹신푹신 설렛어요

양념구이 간장구이
파닥파닥 요란하고

밤만 되면 갈 때 많은

치킨장군 언제 쉬죠

새우깡

아무때나 나서지 마
눈치 없이 까불지 마
깡 있으면 되는 줄 아니

허리가 휘었다고
기죽은 건 아니야

물찬제비가 못 따라 올 걸
날렵한 몸매 단단하잖아

못 생겼다고 기죽지 않아
내 인기 비결 고소해
개성 있잖아

그래서 깡이 생겼어

깡으로 살아갈 거야

까먹지 마라

나 깡으로 먹고 산다

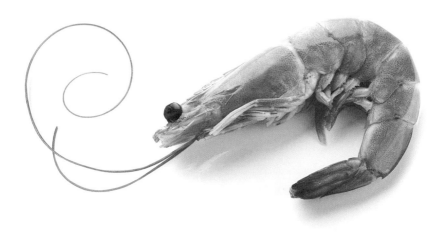

찔레꽃

찔레꽃 따다
피멍이 들었다

가신 님 미워
피지 않으리
믿었는데

송이송이 품었던
익숙한 그님의 향기

처음 만난 날
두근거리는 수줍은
꽃봉오리였지

작년 봄 함께 꺾은

찔레나무 가지는

달콤했던 우리들의

행복이었다

내년 봄 산 넘어

님 계신 곳에도

찔레꽃은 다시 피려나

바라본다

세상의 아름다움이여

깨어나라

그리고 바라보라

어두운 장막이 걷히면

눈부신 자연의 얼굴을

이름 모를 꽃이라

할지어도

그 누구의 기쁨이

되어 주리라

밤새 주위를 맴돌던

물안개는 어제의

아쉬움을 휘몰아 가고

사랑을 위한 오늘이
남겨져 있기에
그대는 세상을 다 가진
사람입니다

바라본다

그대의 사랑으로
빛나는 오늘을
그대가 그리는
내일의 꿈을

산

산은 어머니인가보다
찾는 이
언제나 반가이 맞이해 주고

가는 이
낙엽 쌓인 길 치워주며
또 오라한다

품었던 빗물은 산허리를
돌아 강물이 되고

봄이면 진달래꽃 피는
새색시 얼굴

인사 없이 떠나 왔어도

한결같이 기다려 주는 산은

어머니인가 보다

여름이면 푸른 치마저고리

입은 녹색의 여인

가을이면 물드는 잎새에

산열매가 익어 간 소식을

적어 보내 주고

겨울이면 소복이 눈 쌓인

하얀 젖가슴 내어주는

어머니

그 누구 말없이 아픈 속

훌훌 털어내며

새 출발을 약속하는

메아리가 들리는 곳

인사 없이 떠나 왔어도
한결같이 기다려 주는 산은
어머니인가 보다

시선

우리 곁에 있는
모든 것들이 소중하다는 걸
잘 알고 있어도

늘 시작과 끝은 저마다의
기쁨과 지울 수 없는
상처로 얼룩지기도 한다

가까이 있어 때로는
귀찮아하고
멀리 있어 보고파하며
사랑을 위하여
오랜 세월을 방황한다

넓은 바다는 하늘을

우러르고 있어도

높은 하늘은 바다를

바라본다

세상에 태어나 받는 것에

길들여진 우리는 어쩌면

주는 것에는 익숙지 않다

넓은 바다는 하늘을

우러르고 있어도

높은 하늘은 바다를

바라본다

서로를 마주하는

흔들림 없는 거리와

항상 바라봐 주는

같은 시선

그것은 언제까지나

변하지 않는

서로의 사랑이라는 걸

나에게 가르쳐 주었다

양파

겹겹이 감추었던
속내를 다 말할 수 없었기에

때론 독하다 소리 듣고
쓰라린 눈물 흘리며
일생을 살았다

이 한 몸 겨우 꽉 끼는
좁은 잔 위에서
쪽잠을 자며 버텨왔지

내 속에 품었던
한줄기의 생명을 위해
하염없이 뽑어냈던 푸른 청춘

모든 걸 내어준
세월의 종점에서
바시락하게 말라버린
몸뚱이는

그렇게 좁았던
물잔에 빠져 잠이 들었다

누군가 그랬다
그 깊은 속을 다 알기엔
너무나 많은 세월이
필요하다고

연꽃

모진 바람 불던 날
몸조차 가눌 수 없었지만
홀로 밤을
지새워야 했습니다

비록 내가 살아가는
진흙 밭이 누군가에게
아름답지 않더라도

하얀 이슬로 잎을 적시고
다리를 놓아 안개 낀
새벽이 와도 그대를
기다립니다

눈물로 키운 찬란한

꽃은 시들었어도 사랑은

뿌리로 남아 연못 속에

남아 있어요

한라산의 자유가 백두산까지

은하수 연못에 내려와
물보라 꽃이 피는
푸른 한라산

향긋한 풀내음 살랑이는
잔디밭에 아장걸음
평화로이 목을 축이는
꽃사슴 한 마리

봄바람은 제일 먼저
인사를 하고
달맞이꽃 어린 새싹
요리조리 손을 뻗는다

백두산은 지금도 기다린다

따뜻한 새봄의 바람

백록담의 자유를

얼음바람 휘이 부는

천지는 손꼽아

봄소식을 기다리고

가로막은 철망 앞에

목메어 슬피 우는

소쩍새 한 마리

물줄기는 이어졌건만

두 동강으로 갈라진 슬픈

과거는 어디에 묻어야

하는가

백두산은 지금도 기다린다

따뜻한 새봄의 바람

백록담의 자유를

터널

보이지 않는
한줄기 빛을 찾아
떠나고 있다
방황의 끝을 향해

길고 긴 어둠 속의
터널은 내겐 고통
두렵고 힘들지만
멈출 수가 없었다

나를 위해 기도하는
사람이 있었기에
캄캄한 터널 속을
헤치고 지나왔다

숨막힌 터널 속에

찾게 된 한줄기 빛

희망의 세상으로

향하는 길이란 걸

인생의 지도

20대의 지도는

나뭇가지에 싹을 트고

30대의 지도는

손 위에 써져 있으며

40대의 지도는

얼굴에 새겨져 있다

50대의 지도는

마음에 담겨져 있고

60대의 지도는

발아래 뿌려져 있다

70대의 지도는

자식이 품고 있으며

80대의 지도는

아는 이들의 말 속에 들리고

90대의 지도는

세상이 바라보는 눈 속에 있으며

100세의 지도는

하늘에 펼쳐져 있다

자작나무

메아리도 잠들어 정적만 있는

외로운 나무 숲

하늘 향해 뻗은

쓸쓸함들의 사이사이엔

애달픈 낙엽들이

쌓여 가고

햇살의 조각들은

마른 나뭇가지와 손을 잡고

그대를 기다리고 있어요

쏙닥쏙닥 속삭이며

안아 주었던 잊을 수 없는

낭만의 밤은 지나가고

언젠가는 다시 올
그대를 기다리는
키가 큰 하얀 신사

꽃이 피는 나무

찾고 싶은 꿈 때문에
인생은 늘 목이 마르다
누군가 나처럼 갈증을
느끼며 살아가겠지

손을 잡았던 수많은 인연과
때론 마음을 털어놓고
갈 길을 되묻곤 했었다

한마디의 위안이
나를 살게 했던 생명수
적어도 세상은 나 홀로
걷게 하진 않았다

고목이 되어가도

사랑으로 꽃이 피어날

그날을 기다린다

세월은 바다가 되어

어디엔가 있을지 모를
내 꿈을 찾아다녔다

세찬 비바람도
굳은 결심 앞에선
비켜 서 있었지

바다 건너 잠시 떠난
세월인줄 알았는데

몇 해가 바뀌어도
돌아올 줄 모르고

흰 파도 위를 날으는

바닷새 한 마리

자유를 찾아 날아가는
내 모습인 걸

대답 없는 너를 찾는
서글픔의 눈물은
바다가 되어
흘러 흘러만 간다

두텁게 자란 나무는
누구의 편한 의자가 되고
아픈 이의 목발이 되어
지금 내가 있어야 할 정원을
지키고 있다